KB153649

식
후
감
상
문

이미나 글 ∘ 이미란 그림

식전 글

식사

간식

음료

식후 글

식
전

글

고백 먼저 해야겠다. 나는 원래 뚱뚱했다. 그렇게 태어났다. 스무 살 전까지 날씬해 본 적이
없다. 유치원 사진을 보면, 다들 노란색 유치원복을 입고 있는데 나 혼자 사복을 입고
있다. 여덟 살 때는 뚱뚱하다는 이유로 남자애들에게 얻어맞기도 했다. 덩칫값 못했다.
중·고등학생 때도 마찬가지. 교복은 늘 엑스라지(XL)였고 사복은 체육복과 고무 바지가
전부였다. 크라는 키는 안 크고, 몸무게만 계속 컸다. 어디까지 쪄봤냐고? 19살, 수험생을
핑계로 계속 먹다 보니 살이 무지막지하게 쪘다. 2008년 11월 12일, 수능 시험을 치고
병원에 갔다. 2년 만에 체중을 쟀는데 정확히 89.9kg이었다. 158cm, 89.9kg. 안 믿었다.
다시 쟀다. 똑같았다. 그제야 심각성을 느꼈다. 살려면 살부터 빼라고, 의사가 경고했다.
그래서 뺐다. 살려고 뺐다. 그런데 안 먹고 뺐다. 무식하게 뺐다. 3개월 만에 40kg을
뺐다. 난생처음 날씬해져 봤다. 처음으로 여자다운 옷을 입었다. 예쁘다는 칭찬도 들었
다. 그런데 불행했다. 괴로웠다. 행복하지 않았다. 날씬하고 예뻤지만 그게 전부였다.
맞지 않는 옷을 움켜쥐고 있는 기분이었다. 그때부터 악화일로. 생기가 사라지고 생리가
끊겼다. 화장실을 못 가고 잠도 못 잤다. 먹으면 살찔 거라는 두려움에 음식을 거부했다.
사람들이 나만 쳐다본다는 강박에 사람 만나기를 거절했다. 탈모가 생기고 불면증이 왔
다. 폭식증과 만성변비에 시달렸다. 오랜 시간 병원 신세를 졌다.
나를 외면하고 살았다. 나를 잃고 살았다. 그렇게 7년을 살았다. 힘들어서 발버둥을 쳤다.

그러다가 용기를 냈다. 가족에게 손을 내밀었다. 어렵게, 어렵게 곪은 나를 드러내놓았다. 나를 다시 찾아가기로 했다. '나는 어떤 사람인가.' '나는 언제 가장 행복한가.' 나를 들여다보았다. 천천히, 그리고 찬찬히.

나는 본시 식탐이 많았다. 그렇게 태어났다. 지금도 여전하다. 여섯 살이었다. 족발을 포장해서 집으로 가던 길, 아빠에게 한 조각만 먹겠다고 떼를 썼다. 아빠는 10분 후면 도착하니 기다리라고 했다. 그게 그렇게 슬펐다. 트럭 뒷좌석에 앉아 족발을 바라보며 먹지는 못하고, 랩에 구멍을 뚫어 족발을 핥았다. 속으로 10분이 10초 같기를 바랐다. 일곱 살, 어른들과 식사하는 자리였다. 엄마가 내 밥그릇에 라면을 덜어주었는데, 양이 적다고 포크를 집어 던져 부모님 얼굴을 화끈하게 만들어 준 일도 있다. 열두 살, 집에서 삼겹살 구워 먹은 날. '돼지기름과 참기름은 어떻게 다를까?' 궁금했다. 삼겹살 기름 받는 종이컵에 고기를 찍어 먹다가 "더 뚱뚱해지려고 노력하느냐"며 아빠에게 호되게 혼났다. 또 있다. 초등학교 내내 나보다 먹는 속도가 빠른 언니가 짜장면을 뺏어 먹을까 봐 양손 으로 면을 쥐고 먹었다. 지금도 아침에 눈을 뜨면 가장 먼저 '뭘 먹을까, 언제 먹을까, 어떻게 먹을까'를 계획한다.

이게 나다. 먹는 걸 좋아하고 먹기 위해 사는 사람. 먹을 때 가장 행복한 사람. 맛있는 음식을 먹을 때 "할렐루야"를 외치고, 씹고 뜯고 맛볼 때 살아있음을 느끼는 사람. 식성이 좋고 식탐이 많으며 식욕은 늘 왕성한 사람. 공부 머리는 없어도 먹는 머리는 있는 사람. 4년 사랑한 남자에게 차인 날도 빵으로 슬픔을 이기는 사람. 빵 하나로 금세 다시 행복해지는 사람. 이게 진짜 '나'다.

나를 되찾기까지 10년이 걸렸다. 너무 멀리 돌아왔다. 이제는 나를 위로해주고 싶다. 더 많이 아껴주고 싶다. 누구보다 사랑해주고 싶다. 힘들었던 만큼 행복했으면 좋겠다. 그래서 글을 썼다. 나는 먹고 마실 때 가장 행복하니까, 그 행복을 남겨두고 싶었다. 언제든 행복을 꺼내 먹을 수 있도록.

당신에게도 내 행복을 전하고 싶다. 같이 행복하기를 바라는 마음으로 감상문을 채웠다. 내가 먹고 쓴 글이, 당신에게도 쓸모 있기를 바란다.

읽어줘서 고맙다. 위로가 된다. 이제 당신이 위로받을 차례다.

일러두기

· 쉼표(,)와 따옴표("")는 표기법에 맞추되 글 분위기와 호흡에 따라 자유롭게 었었다.
· 도서명은 『』, 신문이나 잡지는 《》, 짧은 글과 영화, 노래 등 작품은 <>로 표기했다.

첫 번째

식
사.

일. 혼
밥

스팸을 굽고 김도 한 봉지 뜯었다.

식사

큰 접시를 꺼냈다.
그 위로 콩자반, 멸치조림, 김치를 올린다. 밥도 펐다.
스팸을 굽고 김도 한 봉지 뜯었다.
평범한, 조금은 초라한 식탁이지만 한술 떠내는 찰나 12첩 반상 부럽지 않다.

쌀밥 위에 스팸 얹고 김치 올린 뒤 한 입.
콩자반 양념에 밥 비벼 김으로 감싼 뒤 또 한입.
다 씹어 넘기기 전에 짭조름한 멸치조림 추가요.
오케스트라 연주에 맞춰 지휘봉을 휘돌리듯
먹는 박자에 맞춰 숟가락 젓가락을 열심히도 놀려댔다.

어느새 그릇은 바닥을 보였고 내 연주도 마무리가 되었다.
굉장한 연주요. 만족스러운 식사였다.
뱃속에서 기립박수가 터져 나왔다.

앙코르는 얼마든지.

이. 김밥

어릴 적 소풍날 아침이면
김밥 냄새가 나를 깨웠다.

식사

어릴 적 소풍날 아침이면 김밥 냄새가 나를 깨웠다. 알람인 셈이다.
눈을 비비며 부엌에 가 보면, 엄마는 김밥을 말고 계셨다.
소고기를 굵게 썰어 넣어 한 손으로 잡기도 힘든 그 김밥을
나는 뚱뚱이 김밥이라 불렀다.

어른이 된 지금, 김밥은 반찬이 아쉽거나 지갑이 빈(貧)할 때 먼저 찾는 식사 메뉴다.

업무를 보고 사무실로 돌아가던 길, 편의점에 들러 김밥을 샀다.
두툼하고 두꺼운 모양새가 꼭 뚱뚱이 김밥을 닮아 있었다.
한 줄만 먹어도 배가 불렀다.
어린 시절 추억까지 든든히 채웠다.

삼. 초
밥

초밥, 어디까지 알고 먹니?

식사

본명은 스시.
바다를 건너면서 초밥으로 개명했다.
맛을 살리고자 '스시'로도 썼다.
'초밥, 어디까지 알고 먹니?' 당신이 궁금하다. 정답은 검색창에.

초밥 맛있게 먹는 방법 중 옳지 않은 것은?

① 스시는 원래 손으로 먹는 요리다.

② 간장은 생선 살 대신 밥알에만 묻힌다.

③ 와사비는 간장에 넣어 섞어 먹는다.

④ 장어나 붕장어스시는 간장을 찍지 않는다.

⑤ 스시는 붉은살생선 〉흰살생선 〉등푸른생선 〉달걀스시과 마키즈시(롤)
   순으로 먹는다.

⑥ 베니쇼가(생강절임)는 다음 스시를 먹기 전 입 안을 정리하는 용도다.

⑦ 스시는 생선 살이 혀 위에 닿도록, 뒤집어 먹는다.

⑧ 스시는 한입에 먹으면 안 된다. 천천히 베어 먹는 것이 예의다.

쉬운가? 축하한다. 당신은 초밥을 제대로 즐기고 있다.
어려운가? 역시 축하한다. 앞으로 당신은 초밥을 더 맛있게 먹을 수 있다.

참고로 우리 아빠는 다 틀렸다. 완벽하게 틀렸다. 그런데 기뻐한다.
모르고 먹어도 맛있는데 알고 먹으면 얼마나 더 맛있겠느냐며, 입맛을 다신다.
덕분에 나는 지금 초밥 먹으러 간다.

사. 비
빔
밥

비빔밥은 한식(韓食)이다.

식사

부끄럽다. 한없이 부끄럽다. 비빔밥 앞에서 고개를 들 수가 없다.

비빔밥은 섞고 비벼서 먹는 음식이다.
도라지 고사리 시금치 콩나물 당근 무 달걀 참기름 고추장⋯⋯.
얘들도 안다. 골고루 섞이고 어울릴수록 맛을 더한다는 사실을.

그래서일까.
콩나물은 시금치 색깔을 샘하지 않는다. 달걀과 당근은 자리다툼을 하지 않고, 고추장도
자기 순서를 불평하지 않는다. 나물은 조화를 이루면서도 고유 맛과 식감을 낸다.
모든 재료가 순서를 기다리고 질서를 지켜 비빔밥을 완성한다.

음식에는 음식을 만든 사람의 생각, 성향, 의식, 가치관, 문화가 깃든다.
비빔밥은 한식(韓食)이다.
한 그릇 안에는 '존중, 조화, 수용, 융화'가 들어 있다.
부끄러워 고개 숙인 이유가 여기에 있다.

'끝없는 경쟁, 극단적 개인주의, 일상의 사막화, 생활 리듬의 초가속화.'
이탈리아 철학자 프랑코 베라르디(Francesco Berardi)가 바라본 대한민국 현실이다.

둘보다는 함께, 경쟁보단 연대, 성장보다는 질서가 중요하다는 사실을
우리 음식은 아는데, 우리 의식은 모르고 있다.

오. 멸치볶음밥

매콤한 고추장과
달짝지근한 멸치볶음

식사

우리 언니 첫 배낭 여행지는 인도였다. 보름을 지내다 왔다.
까맣게 타서 돌아온 언니가 풀어낸 첫 여행 이야기가 멸치볶음밥이었다.
먹고 마시기 열악한 환경에서 길벗으로 만난 '메주' 아저씨가 해주었는데
자주 먹은 요리라며 신이 나서 해준다.

재료는 밥, 달걀, 고추장, 멸치볶음. 취향대로 넣고 비비면 된다.
얼마나 맛있던지. 앉은 자리에서 두 대접을 먹었다.
매콤한 고추장과 달짝지근한 멸치볶음이 계란후라이와 섞이니
이건 뭐 다른 반찬은 필요도 없다.

백문이 불여일식(百聞不如一食)
재료가 있다면 꼭 먹어보시길.

육. 고
등
어

고등어를 좋아한다.
아니 사랑한다.

식사

고등어를 좋아한다. 아니 사랑한다.
가장 좋아하는 음식을 물으면 숨도 고르지 않고 고등어라고 대답할 만큼.

11살, 고등어를 처음 먹었다.
구운 고등어에 갓김치를 올려 상추에 싸 먹던 그날 식사를 지금도 기억한다.
'아, 이 푸른 물고기는 과연 이 세상 음식인가.' 감탄하며 먹었다.
'나는 왜 그제야 고등어를 만난 걸까.' 지난 10년이 억울할 정도였다.
고등어와 사랑이 시작된 날이다.
정말이지 맛있게 먹었고, 그런 나를 엄마는 흐뭇하게 바라보았다.

그날부터 냉장고에는 항상 고등어가 있다.
어제는 구이, 오늘은 조림, 내일은 고갈비.
엄마는 고등어로 내게 사랑을 요리해주었다.
덕분에 생선 뼈 바르기라면, 개그맨 김준현 능가하는 손기술도 있다.

내 가방에도 늘 고등어가 있다.
고등어를 좋아하는 나를 위해, 언니는 내 가방에 고등어를 그려주었다.
어쩜. 20년을 만났는데도, 그 사랑이 식을 줄 모른다.

차 안에서 라디오를 들었다.
김창완이 부른 <어머니와 고등어>가 흘러나온다.
오늘 저녁은, 아니 오늘 저녁도 고등어다.

칠. 계
란
후
라
이

계란후라이는
국경이 없다.

식사

대한민국 대구 서울•**베트남** 하노이 호찌민 다낭 호이안•**캄보디아** 프놈펜
태국 방콕•**중국** 상하이•**일본** 도쿄 교토 오사카 고베•**미국** 시애틀 풀만
라스베이거스 로스앤젤레스•**프랑스** 파리 스트라스부르그•**영국** 런던
옥스퍼드•**독일** 슈투트가르트 에슬링겐 뮌헨 쾰른 프랑크푸르트 뉘른베르크
하이델베르크 로텐부르크 퓌센•**스페인** 바르셀로나 마드리드•**이탈리아**
베니스 밀라노 피렌체•**체코** 프라하•**벨기에** 브뤼헤 겐트•**터키** 이스탄불
파묵칼레 카파도키아 페티예•**몽골** 울란바토르 테를지•**인도네시아**
자카르타 족자카르타•**스위스** 루체른 취리히 인터라켄

태어나고 살아보고 머물러 본 곳들이다. 당연히, 먹어도 봤다.

우리는 밥에 계란후라이를 넣어 참기름과 간장에 비벼 먹는다.
서양은 토마토, 구운 콩, 베이컨에 계란후라이를 곁들여 먹는다.
베트남은 밥에 돼지갈비와 계란후라이를 올려 먹고(껌승)
태국은 바질 덮밥에 계란후라이를 얹어 먹는다.(팟 카파오무쌉)
인도네시아는 볶음국수 위에 계란후라이를 풀어 먹고(미고렝)
터키는 올리브와 샐러드에 계란후라이를 겸해 먹으며
몽골은 오이, 토마토, 햄, 식빵, 계란후라이를 각각 먹는다.

제각각인 이들에게도 교집합이 있다. 계란후라이다.
계란후라이는 국경이 없다.

팔. 비엔나소시지

소떡소떡이 뭐 별건가.

식사

소떡소떡이 뭐 별건가.

냉동실에 자는 가래떡 깨워 비엔나소시지와 차례대로 나무젓가락에 꽂고

기름에 구우면 그게 소떡소떡이지 뭐.

술안주가 뭐 별건가.

비엔나소시지 한 봉지 뜯어 기름 위에 얹고 더운 불에 굴려 내면 그게 술안주지 뭐.

행복이 뭐 별건가.

흰 쌀밥 한 숟갈에 비엔나소시지 케첩에 찍어 입 안 가득 넣으면, 그 맛이 행복이지 뭐.

아, 인생 진짜 쌀 맛 난다.

덤

비엔나커피와 비엔나소시지. 둘 다 오스트리아 빈(Wien) 출신이다.

영어식 표현이 비엔나(Vienna).

구. 떡
국

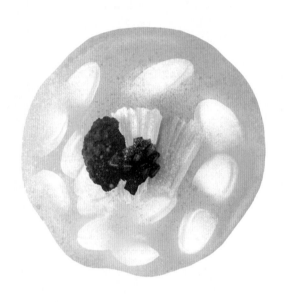

떡국에 눌러 담은 올해 소망을
여전히 품고 있을까.

식사

설날 아침.
온 가족이 식탁에 둘러앉았다.
가정 예배는 식전 기도로 퉁쳤다.

곱게 끓인 떡국 위로 식성에 맞는 고명이 올라간다.
계란을 좋아하는 언니는 지단을 그릇째 쓸어 담는다. 떡국인가. 계란국인가.
식탐 많은 나는 고기와 만두에 욕심을 냈다.
위(胃)가 큰 아빠와 적당한 엄마. 두 분 그릇은 크기부터 다르다.
바치와 쿠로는 떡국 대신 북엇국으로 새해를 맞는다.
여섯 식구 개성만큼 떡국 모양도 각양각색이다. 기도 제목도 떡국만큼 풍성했다.

2020년이 밝은 지 3개월이 지났다.
우리는 그날 설렘을 지금도 기억하고 있을까.
떡국에 눌러 담은 올해 소망을 여전히 품고 있을까.

문득, 궁금한 날이다.

십. 흰
죽

혼자 살 때 몸살이 났다.
흰죽이 생각났다.

식사

"생각이 난다. 홍시가 열리면 울 엄마가 생각이 난다."
나훈아 노래 <홍시> 가사다.

내게도 홍시가 있다. 흰죽이다. 요즘에야 죽은 체인점도 많고 가짓수도 다양해
맛있어서 찾는 기호식품이지만, 25년 전은 달랐다. 단순했다.
아플 때 흰죽, 겨울날 호박죽, 동짓날 팥죽이 전부였다.

6살 꼬꼬마 시절, 나도 아팠다. 엄마는 흰죽을 해주셨다.
불린 쌀을 끓여 고르게 익히고, 완성된 죽을 그릇에 담고
참기름 두 방울, 간장 반 숟갈을 넣어 호호 불어 식혀주셨다.
담백한 맛에 몸을 달래며 먹었다. 아픈 중에도 입맛은 살았던지
나는 김을 꺼내와 죽에 녹여 싸 먹었다.
엄마는 소화가 안 된다며 말렸지만 듣지 않았다.
다음날, 깨끗이 나았다.

사람은 아플 때 받는 위로와 손길을 쉬이 잊지 못하는 법.
혼자 살 때 몸살이 났다. 흰죽이 생각났다. 엄마에게 물어 그대로 했다.
웬걸. 듣기는 쉬운데 해보니 어려웠다. 기술보다는 정성.
칼질은 없어도 정성이 없으면 안 되는 요리가 죽이었다.

쌀을 물에 불리고, 타지 않게 불 조절 하고, 눌어붙지 않게 수시로 저어야 한다.
30분을 꼼짝없이 불 옆에 서 있었다.
그날, 엄마가 끓여준 흰죽이 더 마음 깊이 들어왔다.

"눈이 오면 눈 맞을세라. 바람 불면 감기 들세라. 험한 세상 넘어질세라."

엄마는 지금도 나를 걱정한다. 당신이 아플 때보다 내가 아플 때 더 아파한다.
그런 엄마에게 손수 죽 한 번 끓여드린 적 없는 내가 오늘, 참, 밉다.

십 라
일. 면

파송송 계란탁 후루룩 짭짭.

식사

못하겠다. 두 시간을 앉아 있었다. 머리를 쥐어짜도 안 된다. 당신에게 바통을 넘긴다. 마지막 문장을 맺어 달라.

파송송 계란탁 후루룩 짭짭. 소리로 끓이고 소리로 먹는다. 시간에 쫓겨 먹을 때는 그렇게 처량하다가도 여행 가서 먹으면 산해진미 안 부럽다. 식사보다 야식으로 먹을 때 더 즐겁다. 내가 끓일 때보다 남이 끓여주면 더 맛있다. 한 봉지보다 한 젓가락 뺏어 먹을 때가 더 짜릿하다. 봉지라면, 냄비라면, 컵라면 맛 다 다르다. 김치가 어울리는 라면이 있는가 하면, 단무지가 어울리는 라면이 있다. 된장이면 된장, 고추면 고추, 만두면 만두, 떡이면 떡, 치즈면 치즈, 해물이면 해물. 안 어울리는 재료가 없다. 다 포용한다. 짜장라면과도 잘 섞인다. 소생 불가능해 보이는 찌개도 라면스프만 넣으면 부활한다. 은밀한 사랑 고백도 "라면 먹고 갈래요" 한마디면 통한다. 라면은 _____다.

덤

라면 맛있게 끓이는 법을 알고 싶다면 영화 <라면 맛있게 끓이는 법>이 좋다.
라면 색다르게 먹는 법이 궁금하다면 예능 프로그램 <라끼남>을 추천한다.
영화는 2분, 예능은 5분.

십 냉
이. 면

감칠맛 나는 육수, 탄력 좋은 면발.
꽉 찬 맛이다.

식사

기억이 없다. 냉면을 맛있게 먹은 기억이 내게는 없다.
애석하게도, 가는 식당마다 형편없었다.
기껏해야 냉면은 고기 먹을 때 따라붙는 입가심 정도였다.
한 끼 식사로 홀로 서는데 역량이 부족하다고 평가했다.
2년 전까지는 그랬다.

2018년 여름, 친한 이모가 냉면집을 소개해주었다. 진주냉면.
미식가 이모인지라 믿고 먹으러 갔다. 처음은 기본이지. 물냉면을 시켰다.
금방 나왔다. 첫인상부터 강렬했다. 지단과 육전이 냉면 위로 수북하다.

숟가락을 들었다. 육수 먼저 삼켰다. '음…… 싱거운데?' 성급해 하지 말자.
두 번 더 마셨다. 역시 삼세판이다. 평범하다고 느꼈는데 아니다. 끝 맛이 깊고 맑다.
삼삼하면서도 감는 맛이 있다. 고기 대신 황태, 해물, 버섯으로 육수를 낸다고.
이제 면발 차례. 굵다. 두껍다. 그런데 안 질기다. 탱탱하다. 탄력이 있다.
전에 먹던 냉면과는 확실히 달랐다.

풍성한 육전과 지단, 감칠맛 나는 육수, 탄력 좋은 면발. 꽉 찬 맛이다.
내게 냉면은 더 이상 입가심용 후식이 아니다. 홀로 우뚝 선, 한 끼 식사다.

십삼. 김치찌개

김치찌개는(=) 밥 두 공기.

식사

김치찌개는(=) 밥 두 공기.
위 등식에 고개 끄덕이지 않을 이 얼마나 될까.

우선, 김치로 말할 것 같으면
냄새만으로 한국인 정체성을 보여주니 식탁계 여권이요
조리 방법만으로도 맛을 달리하니 요리계 천의 얼굴쯤 된다.

몇 면(面)만 보자.
가. 김치를 포기째, 고기를 통째 넣어 익히면 김치찜
나. 김치 위로 콩나물 고기 햄 면 수제비를 때려 넣으면 부대찌개
다. 김치와 고기를 기름에 볶고 육수가 자작할 때까지 끓이면 볶음김치
라. 볶음김치에 두부를 얹으면 두부김치, 밥을 볶으면 김치볶음밥
대충 읊어도 이 정도다.

김치찌개는 된장찌개와 어깨를 나란히 하는 국민 찌개다.
차이가 있다면,
된장찌개는 엄마 집에서 먹어야 가장 맛있고
김치찌개는 MT(엠티) 날 먹어야 제맛이 난다는 점이다.

구수한 된장찌개가 당기는 날이 있다. 엄마가 보고픈 날이다.
칼칼한 김치찌개가 끌리는 날이 있다. 그 시절 내가 그리운 날이다.

오늘이 꼭, 그런 날이다.

십 된
사. 장
찌
개

끓이자마자 냉이 향이 번졌다.

식사

택배로 엄마 된장찌개를 받았다.
냉이 두부 표고버섯 소고기…….

엄마는 내가 좋아하는 재료를 듬뿍 넣었다.
끓이자마자 냉이 향이 번졌다. 향긋하다.
표고버섯과 두부는 된장찌개를 한층 더 건강하게 만들어준다.
푸짐하게 넣은 소고기는 딸이 오늘도 든든하기를 바라는 엄마 소원이 아닐까.
몸에 좋은 재료를 담고 그보다 값진 엄마 정성까지 넣었으니 맛이 없을 수가.

엄마와 나.
우리는 떨어져 있지만 엄마 온기만큼은 지금 여기, 내 곁에 있다.

십 감
오. 자
    탕

국물이 목젖을 때리는 순간,
저녁 만찬은 시작된다.

식사

토요일은 황금이다.
황금 휴일만큼은 황제가 되어야 한다.

근처 식당에서 감자탕을 포장해 집으로 왔다.
밥을 푸고 깍두기를 꺼낸다. 맥주도 한 병 깠다. 대접에 등뼈 세 개를 골라 담았다.
그릇이 넘치도록 시래기를 퍼 올렸다. 아차차, 뼈를 담아낼 그릇도 잊으면 안 되지.

국물이 목젖을 때리는 순간, 저녁 만찬은 시작된다.
후두둑- 뼈에 붙은 살코기는 젓가락이 닿자마자 떨어진다.
후루룩- 푹 삭은 시래기는 면발 들이키듯 잘도 넘어갔다.

'본격적으로 먹어볼까.' 소매를 걷었다.
족발을 대하듯 양손으로 뼈를 잡고 숨은 살을 뒤져가며 야무지게도 먹었다.

메뉴는 소박했지만 만찬을 즐긴 내 태도는 분명 황제였다.
뼈를 쥐던 손짓도 어느 황제보다 용감하고 대담했다.

토요일 밤, 나는 진정한 황제였다.

십육. 경양식 돈가스

돈가스는 분위기다.

식사

국어사전은 말한다.
경양식(輕洋食)이란 간단한 서양식 일품요리라고.

'경양식 돈가스가…… 간단했던가?'
국어사전을 덮으며 잠시 생각한다.

돼지고기를 두드려 얇게 펴고 소금·후추로 밑간한 뒤 1시간 재운다. 시간이 되면
자던 고기를 깨워 밀가루 속옷을 입히고 달걀 물에 적신 뒤 빵가루 옷을 씌운다.
끝이 아니다. 튀겨야 한다. 약한 불로 팬을 달구고 열이 오르면 고기를 얹는다.
약한 불에 5분씩, 앞뒤로 골고루. 불 조절은 신중하게, 뒤집는 타이밍은 알맞게.
아직 안 끝났다. 상차림이 남았다. 돈가스는 분위기다. 흰 레이스 달린 식탁보를 펼친다.
스푼, 나이프, 포크를 놓고 키 다른 컵도 나란히 세운다. 모닝빵, 스프, 샐러드를
차례로 준비하고 냉동실에 디저트로 먹을 아이스크림을 넣어둔다.
식탁 세팅부터 후식까지, 빈틈없어야 한다. 그래야 진짜 일품요리다.

이렇게 지난한 과정을 거쳐야 완성되는 돈가스가, 국어사전에겐 간단한가 보다.

십 삼
칠. 겹
살

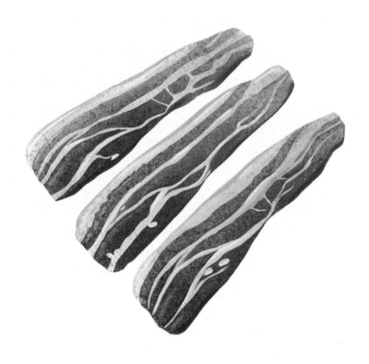

삼겹살은
뇌도 흥분하게 만든다.

식사

돼지 왕소금 허브솔트 후추 된장 쌈장 기름장 와사비 버섯 고추 마늘 양파
콩나물 깻잎 봄 상추 노랑배추 쌈배추 간장 식초 양파절임 재래기 겉절이
명이나물 식은밥 쌀밥 누룽지 된장찌개 냉면 비빔면 라면 바다 계곡 산 캠핑
여행 펜션 가족 외식 회식 계모임 엠티(MT) 찜질방 미나리 청도 팔공산
비닐하우스 고스톱 국내산 수입산 월계수 잎 대패 벌집 수육 보쌈 제주도
흑돼지 홍어삼합 냉동 오돌뼈 목살 오겹살 한돈 제육볶음 고추장삼겹살
비계 기름 지방 복부비만 다이어트 살 맛있게먹으면0칼로리 삼겹살김밥
볶음밥 맥주 소주 집게 한입소맥 사이다 환타 콜라 불판 장작 숯 초벌
가마솥 오븐 나무젓가락 에어프라이어 마당 숙주볶음 화로구이 바비큐
육즙 육질 기름진 입술 지글지글 와글와글 외국인최애한식 정원 겉바속촉
두껍게 고봉밥 100g348kcal 목구멍에 기름칠 삼삼데이(33데이) 무한리필
김치찜 술안주 정육점 식육점 고기기름삼층 침샘폭발 월급받는날
저기압일땐 고기앞으로 미세먼지 황사
방탄소년단 슈가가 추천한 불금 야식 메뉴 (feat.뮤직뱅크)

마인드맵을 해봤다. 일명 가지치기.
단어 하나 입력했을 뿐인데 뇌가 이토록 활발해지다니.
삼겹살은, 뇌도 흥분하게 만든다.

백지장도 맞들면 낫다.
삼겹살을 떠올리며 함께 글을 채워준 지인들에게 감사를 전한다.

십 통
팔 · 닭

통닭이 왔다.
행복도 왔다.

식사

엄마 된장찌개만큼 질리지 않고
365일 먹어도 돌아서면 또 먹고 싶은 음식이 있다.
통닭이다.

우리는 치킨을 신에 빗대어 치느님이라 부르고
치맥이라는 신조어를 만들어 낼 정도로 치킨을 사랑하며 그 맛에 열광한다.

불금은 통닭과 맥주가 차려지는 그때부터 시작되며
치킨 배달 초인종은 주말이 왔다는 신호다.

<아는 형님> 틀어놓고 닭 다리쯤 뜯어줘야 토요일임을 실감하고
눕고만 싶은 일요일도 닭 한 마리는 시켜줘야 월요일이 두렵지 않다.

낯선 사람에게 경계가 심한 바치도 통닭 배달원만큼은 두 발 들고 환영할 정도이니
닭의 위대함은 사람과 동물을 가리지 않나 보다.

아, 글을 맺으려는 찰나 누군가 벨을 누른다.
바치가 웃는다. 통닭이 왔다. 행복도 왔다.

십 보
구. 쌈

오늘은 보쌈이다.

족발...? 보쌈...?
결정이 쉽지 않아 질문지를 만들었다. 답이 많은 쪽을 선택한다.
꽤 유용하다.

① 얼마나 자주 생각나는가
② 얼마나 자주 먹는가
③ 요리도 가능한가
④ 단골집이 몇 군데인가
⑤ 식당 근접성이 좋은가
⑥ 실망한 경험이 있는가
⑦ 배달과 포장으로도 그 맛이 유지되는가
⑧ 먹고 나면 속이 편한가
⑨ 먹고 난 뒤 바로 생각나는가
⑩ 추천할 만한 식당이 있는가

7대3. 나는 오늘 보쌈을 택한다. 보쌈을 두 번 더 언급했다. 네 번 더 생각이 났다. 족발은 단골집이 한 군데이지만 즐겨 가는 보쌈집은 세 군데다. 족발 잘못 먹어 배탈 난 기억이 갑자기 떠오른다. 보쌈은 집에서도 해 먹는다. 실망한 적 없다. 기름기 뺀 보쌈을 먹고 나면 속이 더 편할 듯하다. 당신이 온다면, 자신 있게 데려갈 수 있는 식당도 집 근처다.

부드럽고 촉촉한 보쌈을 그릇에 담는다. 육수 밴 그에게서 윤기가 흐른다.
매콤달콤 보쌈김치도 좋고, 시원아삭 겉절이도 좋다. 생각만 해도 좋다.
어디보자. 그저께 사둔 고기가 집에 있었지. 마트에 들러 쌈 채소만 사면 되겠다.
오늘은 보쌈이다.

이 튀
십 · 김

명불허전, 튀김이다.

식사

이래서 다들 "튀김, 튀김" 하는구나.
신발도 기름에 튀기면 맛있다더니, 기막힌 통찰이다.

미나리, 호박, 가지, 깻잎, 배추, 굴, 양파, 도라지, 버섯, 고추…….
손 안 가던 재료도 기름옷만 입으면 일품요리로 변한다.

튀김에겐 사명이 있다.
첫째는 겉.바.속.촉. 둘째는 궁극의 느끼함이다.
둘 다 만족해야 진짜 튀김이다.

약점도 있다. 혼자서는 힘을 못 쓴다.
김치나 장아찌, 간장 혹은 소스, 맥주와 탄산음료.
하다못해 물이라도 있어야 몇 점 더 먹을 수 있다.

분식집에서는 고추와 야채튀김을 더 얹는다.
튀김 안으로 번져 드는 떡볶이 국물의 발칙함이 귀엽다.
중국집에 가면 가지튀김과 맥주를 즐겨 먹는다.
가지튀김에 자차이를 얹어 먹다가 기름이 입술을 칠 때, 맥주로 달래는 그 맛이 참 좋다.

명불허전, 튀김이다.

이 짜
십 장
일 · 면

소스와 면이 어우러져
부드럽게 넘어가는 맛

식사

짜장면 5,000원
간짜장 6,000원

서울에서 유명하다는 중국집에 갔다. 친한 동생이 메뉴판을 보더니
짜장과 간짜장 차이를 묻는다. 주춤했다. 머리로는 아는데, 설명을 못 했다.
먹으면서 비교하자며 한 그릇씩 시켰다.

주문한 요리가 나왔다. 대충 봐도 달랐다.
짜장면은 소스가 흥건했고 간짜장은 자작했다.
짜장면은 소스와 면이 어우러져 부드럽게 넘어가는 맛이 좋았고
간짜장은 면과 재료를 고루 씹는 맛이 특기였다.
분석하며 먹던 중 옆 식탁에서 말소리가 들렸다.

"형, 짜장이랑 간짜장은 뭐가 달라요?"
"그건 말이지. 간짜장은 물이 안 들어가. 기름으로만 볶아.
그래서 채소와 고기 식감이 제대로 살아 있어."

유레카! 이토록 명쾌한 설명을 들어본 적이 없다. 귀에 쏙쏙 박혔다.
개안(開眼)한 기분이었다. 다시 젓가락을 들었다. 간짜장에게로 갔다.
과연, 설명대로다. 양파, 양배추, 돼지고기, 고추 등 재료 식감이 그대로 살아 혀에 꽂혔다.

모르고 먹을 때와 알고 먹을 때, 그 맛은 분명 달랐다.
아는 만큼 보인다. 아는 만큼 맛있다.

이십이. 탕수육

이제야 고백한다.
내 인생 가장 은밀하고 추했던
탕수육이다.

식사

분명히 말한다. 이 글에서 털끝만큼의 탕수육 맛도 기대하지 마시라.
이 글은 식후감상문이 아니다. 식후고백론이다.
식탐이 사람을 얼마나 추하게 만드는지, 몸소 겪었다.
17년 동안 누구에게도 말하지 않았다. 끝까지 비밀로 하고 싶었다.
그런데 털어놓기만 해도 치유가 된다길래 용기를 냈다.

아파트 살 때다. 학원 가려고 집을 나섰다. 옆집은 중국 음식을 시켜 먹었는지 현관 앞에
짜장면과 탕수육 그릇이 포개져 있다. 그릇 안에 남은 탕수육도 군데군데 보였다. 눈길이
갔다. 내 몸은 엘리베이터 앞인데, 내 눈은 자꾸 탕수육으로 쏠렸다. 머리를 굴렸다.
내 집은 13층, 엘리베이터는 1층. 엘리베이터 속도가 2.5m/s. 30초는 확보. 오케이.
계산을 끝냈다. 재빨리 그러나 침착하게 하자. 동선을 최소로, 팔은 최대로. 손가락으로만
탕수육을 집었다. 큰 놈들로 두 개. 시간이 꽤 지났는지 튀김은 굳어 있었다. 돼지고기는
씹을 만했다. 나쁘지 않았다. 역시, 내 계산이 맞았다. 동작 완료까지 20초도 안 걸렸다.
뒤이어 엘리베이터가 왔다. 다행히 아무도 없었다. 태연한 척 아파트를 나섰다.

뒤통수가 불편했다. 종일 찝찝했다. 저녁에 엄마 얼굴 보기가 죄송했다. 버린 탕수육을
주워 먹었다고 차마 말하지 못했다. 그 상태로 지금까지 왔다. 탕수육을 먹을 때마다 그
기억이 떠오른다. 지금은 안 그런다. 당당하게 시킨다. 떳떳하게 먹는다. 그래서 가능했다.
이제야 고백한다. 내 인생 가장 은밀하고 추했던 탕수육이다.

고맙다. 마음이 한결 가볍다.

이십
삼.

아
침
버
거

소금기 짙은 냄새가 공기를 채운다.

식사

아침잠을 늘어지게 자고 3분 거리에 있는 햄버거집으로 갔다.
'한산한 거리와 한가한 매장'
일요일 아침 익숙한 풍경이다.

고심 끝에 채소와 고기가 고루 섞인 베이컨 토마토 머핀을 주문했다.
아쉽게도, 콘파이는 행사가 끝났단다.

다시 집으로 가는 길.
슬리퍼를 신고 외투로 얼굴과 몸을 대충 싸맨
나와 비슷한 행색을 한 사람이 이쪽으로 걸어온다.
햄버거 사러 가는 길이겠지? 피식, 웃음이 터진다.

거실로 돌아와 종이봉투를 뜯었다. 소금기 짙은 냄새가 공기를 채운다.
속 재료와 머핀의 조화에 일요일 여유까지 더해지니, 그 맛이 배가된다.
또다시 웃음이 새어 나왔다.
'아까 만난 그 사람도 나처럼 느긋한 아침을 보내고 있겠지.'
뜬금없는 연대감에 터진 웃음이다.

사람 먹고사는 모습은 다 똑같다더니, 정말 그런가 보다.

샐
이 러
십 드
사.

샐러드는 채소 맛이다.

식사

독일에 살 때다. 학교 식당이 맛없었다. 주로 사 먹었다. '오늘은 또 뭘 먹지', 시내를 배회했다. 'hans im glück' 앙증맞은 간판이 보였다. 햄버거집이었다. 울창한 대나무 장식과 천고 높은 실내가 인상적이었다. 감이 왔다. 들어가서 메뉴를 살폈다. 버거집인데 샐러드를 시켰다. 그냥 그러고 싶었다.

오래지 않아 요리가 나왔다. 루꼴라와 토마토에 발사믹 식초가 전부인, 재료와 간을 최소화한 샐러드였다. 싱그럽고 신선했다. 보자마자 맛있었다. 포크를 들기도 전인데 맛있었다.

루꼴라를 다시 봤다. 루꼴라는 향이 세다. 시작은 쌉싸래하나 끝은 시원하다. 깊이 음미 하면 박하 향도 난다. 그에 반해 잎은 연하다. 아주 여리다. 그래서 발사믹과 어울린다. 산뜻하고 깔끔한 발사믹 식초가 루꼴라 풍미를 한껏 살려준다.

샐러드는 소스 맛이라고 생각했다. 아니었다. 샐러드는 채소 맛이다. 그걸 그날 알았다. 독일에서 진짜 샐러드를 먹었다. 먹어 본 샐러드 중 손에 꼽는다. 보라. 이 글을 쓰겠다고 7년 전, 그것도 독일에서 먹은 접시를 떠올릴 정도다.

Gute Zutaten, Gutes Essen.
좋은 재료가 곧, 좋은 음식이다.

덤

발사믹(balsamic)은 이탈리아어로 '향기가 좋다'는 의미다. 이탈리아 북부 모데나에서 자란 포도로, 모데나 지역 방법으로 만든 식초만 '발사믹'이라 부른다. 식초계 샴페인인 셈. 'Aceto Balsamico Tradizionale di Modena' 마크를 확인하면 좋을 듯.

엄마손

이제는 맛을 넘어, 얼마나 아름답게 담느냐가 맛을 판단하는 기준이 되었다.
접시 위 작품을 담아내듯, 감각적인 솜씨로 요리를 예술로 승화하는
유홍숙 작가를 만났다.

" '요리는 사라지는 작품이다.' 제 요리 철학입니다. 음식은 입으로 먹기 전에 눈으로
감상하는 작품이라 할 수 있어요. '보기 좋게'를 넘어 그릇 위에 작품을 그린다는
마음으로 매일 아침 부엌을 엽니다. 재료 준비와 조리 과정, 접시를 고르고 그 위에
음식을 담는 순간까지 모든 과정이 '예술'인 거죠. 전시관에 따라 작품에 대한 감상과
수준이 달라지듯이 어디에 담느냐, 어떻게 놓느냐가 음식 맛을 좌우하지요.
원재료와 색깔, 모양, 온도를 고려해서 신중하게 그릇을 고르고
그 위에 섬세하게 음식을 담아내는 이유입니다."

-식탁 예술가 유홍숙

"오늘 주제는 '봄'입니다.
노란 그릇, 하얀 치즈, 빨강 토마토, 초록 새싹, 주황 파프리카까지
한 그릇 안에 봄의 싱그러움과 다채로움을 담았습니다."

만물이 깨어나 새 옷을 입는 계절 '봄'이다.
불편한 환경, 어려운 상황이 지속되더라도 식탁에서만큼은
봄이 피기를 바라는 마음으로 샐러드를 준비했다.
부디 당신 식탁에도 봄이 흐르기를.

인터뷰에 응해주신 유홍숙 작가님께 감사를 전한다.

두
번
째

간
식.

이 호
십 떡
오.

뜨거운데 달콤하고
쫄깃한데 고소하기까지 한.

간식

'편리함은 무책임의 다른 말이다.'
신문에서 읽은 글이다.

서문시장에서 호떡을 먹는데 이 문장이 마음을 때렸다. 내 손엔 종이컵에 쌓여 휴지까지 두른 호떡이 들려 있었다. 생각해보면 옛날에는 명함만 한 종이로도 호떡을 잘만 먹었는데, 지금은 좀 과하다 싶다.

뜨거운데 달콤하고 쫄깃한데 고소하기까지 한 호떡을 어찌 아니 먹겠느냐마는 잠깐 맛있자고 땅에 영영 몹쓸 짓을 하자니, 마음이 영 불편하다.

종이컵은 코팅된 속지 탓에 재활용도 안 된다. 99%가 소각행이다. 호흡만으로도 공기에 빚지고 사는데, 더는 환경을 아프게 하고 싶지 않다.

내 가방에는 텀블러와 손수건이 있다. 쓰레기를 덜 만들겠다는 각오다. 배달 음식은 잘 안 먹는다. 포장할 땐 용기를 가져가서 직접 담아 온다. 몸보다 마음 편한 쪽을 택한다.

이제는 호떡용 집게도 갖고 다녀야 하나…….
나 지금, 진지하다.

물
오
뎅

이
십
육.

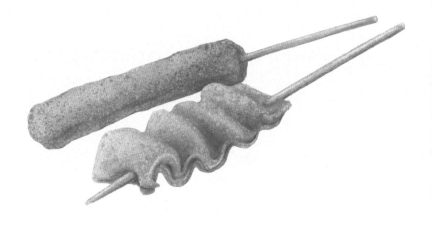

찬 거리에 서서 먹는 물오뎅은
추위를 이기는 힘이다.

간식

나는 추위를 많이 탄다. 그래도 겨울이 좋다. 물오뎅 때문이다.
찬 거리에 서서 먹는 물오뎅은 추위를 이기는 힘이다.

단골 포장마차가 있다. 몇 군데 된다. 비슷해 보여도 다 다르다. 육수가 다르고 양념간장이
다르다. 홍게와 보리새우로 깊은 육수 맛을 내는 곳이 있는가 하면 무, 양파, 대파만 넣어
깔끔한 맛을 내는 곳이 있다. 양파와 매운 고추로 양념장이 칼칼한 집이 있고, 물엿과 참
깨를 넣어 감칠맛 나는 집이 있다. 재료를 어슷썰기 한 가게가 있고, 가위로 듬성 썬 가게
가 있다. 기분에 따라 발걸음을 옮긴다.

먹는 순서도 있다. 몸이 익힌 습관이다. 제일 먼저 인사. "이모~" 친근하게 얼굴도장을
찍는다. 빨간 국자를 집으며 국물을 푼다. 식혀야 한다. 동시에 일자오뎅과 넓적오뎅
위치를 파악한다. 눈치껏 익은 정도와 퍼진 상태를 살핀다. 이모가 한가하면 여쭤볼 수
있지만 바쁠 때는 침묵이 금이다.

마음에 드는 놈을 고른다. 호호, 입술로 더운 정도를 확인한다. 첫입은 간장만 찍는다.
두 입부터가 다르다. 위로 솟은 꼬치로 간장 속 양파를 찍고, 오뎅을 비스듬히 눕혀
양념을 묻힌 뒤 양파와 오뎅을 같이 먹는다. 씹히는 양파가 별미다.
꼬치 두 개를 비웠을 때, 국물을 먹으면 된다. 70도 내외로 먹기 좋게 식었다.

시동을 걸었으니, 이제 달려볼까.

군
고
구
마

이
십
칠.

김치를 꺼냈다.
우유도 한 잔 따른다.

간식

군고구마보다 더 맛있는 고구마가 있다.
바로 사각 양면팬으로 구운 고구마다.
애매한 맛은 매몰차게 뱉어내는 바치도 환장하고 먹을 정도로 맛있다.

어떻게 굽냐고?
① 씻은 고구마를 팬에 넣는다.
② 뚜껑을 닫는다.
③ 앞뒤로 15분씩 굽는다.
④ '어디서 타는 냄새 안 나요?' 코가 반응한다면 잘 익었다는 신호다.
⑤ 불 끄고 3분 정도 뜸 들이면 완성.

바치는 진즉 냄새를 맡았다. 내 침샘도 난리가 났다.
김치를 꺼냈다. 우유도 한 잔 따른다.
텔레비전은 <무한도전> 다시보기로 채널 고정.
모든 준비는 끝났다. 먹기만 하면 된다.

생
이 도
십 넛
팔.

바삭하고 고소하고 달다.

간식

나는 생도넛을 가장 좋아한다. 그럴 만한 사연이 있다.

때는 2018년 12월 29일 저녁. 생도넛을 먹어야 하는 날이었다. 머리가 이미 그에게 꽂힌 상태. '잠깐 나가서 사 와야지' 쉽게 생각했다. 코트만 여미고 집을 나섰다. 집 앞 빵집에 갔다. 도넛이 없었다. 사거리에 있는 빵집으로 갔다. 또 없다. 이럴 수가. 빵집을 세 군데나 돌았는데, 생도넛만 없다. 어제까지 팔던 집인데 하필이면 그날 없단다. 머피의 법칙이 통하는 날인가. 쉽지 않겠군. 직감했다.

집으로 돌아와 차를 몰았다. 다른 동네로 갔다. 더 멀리 더 넓게 돌았다. 눈에 보이는 빵집은 다 들어갔다. 프렌차이즈는 물론 대형마트까지 살폈다. 그런데도 없었다. 오기가 생겼다. 포기를 못 했다. 근처 주차장에 주차를 하고 골목을 걸었다. 구석구석 돌았다. 40분은 더 걸었다. 바로 그때, 작고 얕은 불을 켠 빵집 하나가 보였다. 허름했다. 느낌이 좋았다. 들어갔다. 훑었다. 할렐루야! 있었다. 내가 찾던 그 도넛이 있었다. 3천 원 치 샀다. 다른 빵들도 담았다. 기쁜 마음으로 계산했다.

차를 타고 집으로 왔다. 시계를 보니, 8시 10분. 6시에 나갔으니 두 시간도 넘게 걸렸다. 이 집 저 집에서 샀던 빵들도 꺼냈다. 수북했다. 식탁을 차렸다. 우유 한 모금으로 식사를 시작했다. 바스락, 빵가루가 떨어진다. 바삭하고 고소하고 달다. 앙금과 기름을 입에 묻혀가며 먹었다. 열심히, 더 열심히 먹었다. 맛있다. 그런데 맛이 없다. 희한하다. 분명 맛은 있는데, 맛이 없다. 먹으면서 허무하고 먹고 나니 공허했다. 천 원이면 먹을 도넛을 2만 원을 써가며 찾아 먹은 내가 한심했다. 이게 뭐라고, 두 시간을 찾았을까. 내가 딱했다. 그날부터다. 생도넛만 보면 집착한다. 방앗간을 못 지나치는 참새가 된다.

가까이 있을 때 자주 봐야 한다. 비싸게 주고 얻은 교훈이다.

이 스
십 콘
구.

투박해 보여도 속은 꽉 찼다.

간식

이름 : 스콘(영국, 1840년생)

외모 : 살찐 소보로

성격 : 투박해 보여도 속은 꽉 찼다. 보드랍고 연한 구석도 있다.
　　　기분에 따라 짤 때(savory)도 있고, 달 때(sweet)도 있다.

관계 : 딸기잼, 클로티드 크림(clotted cream)과 절친이다.
　　　홍차와 결혼했지만, 우유랑 커피와도 가볍게 만난다.

역시, 서양 애들은 다르다.

삼십. 토스트

달걀을 넣느냐,
달걀로 덮느냐.

간식

달걀을 넣느냐, 달걀로 덮느냐. 그것이 문제로다.

① 토스트 : 식빵을 버터에 살짝 구워 달걀, 치즈, 딸기잼을 넣는다.
② 프렌치토스트 : 달걀로 식빵을 덮고 버터에 구운 뒤, 딸기잼을 얹는다.

전자는 식사 대용으로 우유랑 먹으면 좋고
후자는 오후 간식으로 커피와 잘 어울린다.

일번은 바삭한 식빵에 속 재료를 그대로 살린 맛이 장점
이번은 보드랍고 폭신한 식감과 풍성한 버터 향이 특징

재료는 대동소이, 맛은 천양지차.
당신의 선택은?

덤

놀라지 마시라. 프렌치토스트(French toast)는 프랑스식 토스트란 뜻이 아니다.
1724년 뉴욕 요리사인 조셉 프렌치(Joseph French)가 만든 음식인데, 요리사 이름을
따서 프렌치토스트가 되었다. 프랑스식 이름은 팽 페르뒤(Pain perdu). '잃어버린 빵'이
라는 뜻으로 맛없는 식빵을 되살려냈다는 의미라고. 믿거나 말거나.

삼 케
십 이
일. 크

지금, 어떤 케이크가
당신을 부르는가.

간식

나는 우유부단하다. 결정을 못한다. 오래 걸린다. 꼭 한 번은 번복한다. 다행히 늘 그렇지는 않다. 확고할 때도 있다. 케이크 앞에서다. 그때는 다른 사람이 된다. 원칙주의자가 된다. 언제·어디서·어떤 상황이냐에 따라 케이크를 선택한다. 크게 세 종류다.

① 딸기생크림케이크

출산, 생일, 약혼, 결혼, 입학, 졸업, 취직, 퇴직, 성탄절, 연말, 연초. 축하와 박수가 필요한 날은 무조건 한판 딸기 생크림 케이크다. 촛불이 필요하다. 촛불이 하얀 생크림에 반사되면 훨씬 더 밝다. 딸기시럽에 비친 촛불이 몇 배는 아름답다. 박수 소리에 춤추는 촛불은 기분도 살려준다. 이제 먹을 차례. 케이크 칼은 필요 없다. 젓가락도 비추(非推)다. 아슬아슬하게 집다가 생크림 떨어뜨리는 사람 자주 봤다. 이왕이면 숟가락으로, 웬만하면 남김없이.

② 치즈케이크

'오늘 좀 느끼해져 볼까' 싶은 날 먹는다. 주로 카페에서. 혼자든 둘이든 한 조각이면 충분하다. 음료는 아메리카노나 롱블랙(long black)으로. 차갑게. 두 입 먹고 커피 한 모금 마시면 딱 좋다. 느끼한 탓인지, 분위기 탓인지, 대화 탓인지, 한 조각인데도 꽤 오래 먹는다. 치즈케이크는 카페에서, 커피를 곁들여, 당신과 함께 먹을 때 가장 맛있다.

③ 초코케이크

호르몬이 부르는 날이 있다. 뇌가 원하는 날이다. 집에서 혼자 먹는다. 초코를 입에 잔뜩 묻혀도 상관없다. 숟가락을 쓰든 손을 쓰든 내 자유다. 초콜릿보다 시폰(chiffon) 비율이 높으면 우유가 어울리고 초콜릿무스가 더 많은 케이크라면 커피가 좋다. 일단 한 판을 산다. 얼마나 들어갈지 나도 모르기 때문. 뇌가 알아서 신호를 준다. 한 숟갈에도 반응이 온다. 호르몬이 웃는다. 능률이 오른다.

지금, 어떤 케이크가 당신을 부르는가.

삼
십
이.

브
라
우
니

많으면 많을수록 좋다.
달면 달수록 좋다.

간식

다다익선(多多益善)

많으면 많을수록 좋다.

달달익선(�= �= 益善)

달면 달수록 좋다.

브라우니 향한 내 바람이다.

덤

'맛이 좋다.' 뜻으로 한자 '달(�=)'을 썼다. 시적 허용으로 봐 달라.

삼 마
십 들
삼. 렌

우리 삶은
매일 한 조각 부족하다가도
딱 그만큼이면 충분해진다.

간식

머리와 손이 지쳤다. 아침부터 이어진 업무 탓이다.
무감각해진 지금을 깨워줄 무언가가 필요하다.

냉장고를 열어 마들렌 한 조각을 꺼냈다. 한입 물었다.
맛과 멋이 2% 아쉬운 그는 2% 결핍된 내 심신을 달래주기에는 충분했다.

마르셀 프루스트 작품 『잃어버린 시간을 찾아서』가 떠올랐다.
소설 속 마르셀은 마들렌을 먹으며 잃어버린 유년 추억을 되찾는다.
마들렌 한 조각으로 깨진 마음 균형을 되찾은 내가, 꼭 마르셀을 닮았구나 생각했다.

그렇다. 우리 삶은 매일 한 조각 부족하다가도 딱 그만큼이면 충분해진다.

삼
십
사.

초
콜
릿

초콜릿은 이름도
어찌 이리 아름다운지요.

간식

"항상 기뻐하라. 범사에 감사하라."
하나님 말씀을 실천하도록 도와주는 고마운 친구가 있다. 초콜릿이다.
금식기도 하는 날을 빼면, 나는 365일 초콜릿과 동거한다.

초콜릿 먹는 날은 감사 일기가 길어진다. 내 일기장을 살짝 공개한다.

하나님, 초콜릿을 먹으며 향에 놀라고 맛에 감동합니다.
맛과 향을 누릴 수 있는 눈, 코, 입을 주셔서 감사합니다.

하나님, 초콜릿을 먹을 때마다 감탄이 터집니다.
초콜릿 재료인 '카카오'를 창조해주셔서 감사합니다.

하나님, 초콜릿은 이름도 어찌 이리 아름다운지요.
인간에게 초콜릿을 만드는 지혜를 주셔서 감사합니다.

하나님, 언제 어디서나 초콜릿을 먹을 수 있는 환경에 삽니다.
가까운 편의점만 가도 종류별로 나라별로 초콜릿을 고를 수 있습니다.
걸을 수 있는 다리와 고를 수 있는 자유의지를 주셔서 감사합니다.

감사는 전염성이 강하다.
좋아하는 음식이 있는가. 그 음식을 먹을 수 있는가.
그렇다면 당신도 범사에 감사할 수 있다.

"항상 기뻐하고 범사에 감사하는" 삶? 생각보다 쉽다.

팥 빙 수
삼 십 오.

빙설기로 얼음을 갈아
수북이 쌓고

간식

유감이다. 요즘은 팥빙수 먹기가 어렵다. 빙수 가게가 이렇게나 많은데 무슨 말이냐고? 내가 말하는 팥빙수는 그런 빙수가 아니다. 빙설기로 얼음을 갈아 수북이 쌓고 그 위로 젤리, 떡, 팥, 후르츠 통조림 한 숟가락씩 얹고 미숫가루 흩쳐 우유를 넣어 먹는, 기본 팥빙수를 말한다.

지금 팥빙수는 너무 과하다. 한 그릇에 1만 원은 족히 넘는다. 호텔에서는 5만 원도 부족하다. 케이크를 올리고 아이스크림을 얹고 팝콘을 넣은 다음 옥수수를 뿌려주는 빙수도 있다. 이를 과연 빙수(氷水)라 할 수 있을까.

'얼음을 잘게 갈아 삶은 팥과 연유 따위를 넣어 먹는 음식'이 팥빙수다.
팥과 얼음이면 족하다는 말이다.

모든 게 넘치는 사회다.
팥빙수는 좀, 단순하게 먹자.

삼십육. 아이스크림

ICECREAM

아이스크림은
영화나 동화보다 더 달콤한
아빠 사랑이다.

간식

사랑에 빠진 딸기, 엄마는 외계인, 바람과 함께 사라지다,
이상한 나라의 솜사탕…….
영화 제목이 아니다. 동화책도 아니다. 아이스크림 이름이다.

아빠와 나는 각별하다. 네 살부터 아빠가 과일 배달 갈 때마다 트럭 옆자리에 내가 탔다.
어디든지 동행했다. 다녀오는 길엔 함께 아이스크림을 사 먹었다. 그 시간이 쌓이고 쌓여
지금도 아빠와 나는 데이트를 하는데, 아이스크림 가게가 필수코스다.

7년 정도 가족과 떨어져 산 적 있다. 당연히 데이트도 못 했다. 그 당시 아빠는 내가 집에
가는 날마다 아이스크림을 사 오셨다. 딸과 함께 아이스크림 집에 가고 싶은 아빠 마음을
포장으로 대신하셨나 보다.

상상해보라. 환갑을 막 지난 아빠가 냉장고를 보면서 "아몬드봉봉, 초코나무숲, 너는 참
달고나"를 서툴게 읊는 모습을. 너무 귀엽지 않은가. 서른 살 된 딸을 위해 아이스크림을
곱게 담아오는 아빠가 세상에 몇 분이나 계실까.

아이스크림은 영화나 동화보다 더 달콤한, 아빠 사랑이다.
우리 아빠 진짜, 딸바봉!

삼
십
칠.

아
포
가
또

아이스크림과 에스프레소

희고 검다.
차고 덥다.
달고 쓰다.

아이스크림과 에스프레소.
서로 달라서 잘 맞는다.

반대가 끌리는 이유다.

삼십팔. 또 아포가또

아포가또는 이탈리아어로
'끼얹다, 적시다'란 뜻이다.

간식

아이스크림에 에스프레소를 끼얹으며 물어본다.

'아포가토? 아포가또? 본토 발음이 궁금하다.'
'디저트일까 음료일까?'
'꼭 바닐라 아이스크림이어야 할까?'
'아보카도와는 정말, 아무 사이도 아닐까?'

그는 대답이 없다. 쓴 향과 단맛이 내 입을 적실 뿐.

아포가또(Affogato)는 이탈리아어로 '끼얹다, 적시다'란 뜻이다.
이 친구, 이름값 제대로 한다.

딸
기

삼
십
구.

봄이 되면 열매도,
꽃도 완전해지는 딸기.

해가 밝지 않은 새벽 4시.
내 목을 적신 건, 물이 아니라 딸기였다.
새벽빛이 밝히는 딸기는 유난히 붉고 탐스럽다.
정신을 온전히 가다듬지도 못했지만, 딸기 향과 맛은 어찌 그리 선명했을까.

'딸기처럼 살고 싶다.' 생각했다.
여름과 겨울을 묵묵히 버텨내고 봄이 되면 열매도, 꽃도 완전해지는 딸기.
한 해를 아름답고 성숙하게 시작하는 딸기처럼, 나도 그렇게 살아야겠다.

사 사
십. 과

나는 우걱우걱
바치는 사각사각

간식

나는 우걱우걱. 바치는 사각사각

하루 사과 한 알이 그렇게 몸에 좋다는데 나만 먹을 수 있나.

아침마다 냉장고로 가서 사과를 집는다. 껍질째 물로 씻어 4등분 한다.

바치는 내 동선을 알고 있는 눈치다. 이미 식탁 위로 가서 자리를 잡았다.

똑똑한 내 아들 바치가 오늘도 건강하기를 바라며 우리는 사이좋게 사과를 나눈다.

건강을 나눈다.

토
사 마
십 토
일.

그냥 먹어도 맛있고
데쳐 먹어도 맛있다.

간식

토마토는 된다. 다 된다. 식사도 되고 간식도 되고 후식도 되고 야식도 되고
음료도 된다. 과식해도 된다.

'살 안 찌고 맛있는 음식, 세상에 좀 없나?' 누구나 허공에 대고 뱉어봤을 법한 질문에
나는 토마토라 대답하고 싶다. 그냥 먹어도 맛있고 데쳐 먹어도 맛있다. 방울토마토도
맛있지만 짭짤이 토마토는 더 맛있다. 짭짤해서 짭짤이라 부르는데, 쫄깃하고 탱글하고
짭조름하다. 과일인지 요리인지 헷갈릴 정도. 3월에는 다른 과일 못 먹는다.

개인적으로는 토마토를 범벅으로 먹는다. 살짝 데쳐 껍질 제거한 토마토에 블루베리와
꿀을 넣고 비벼서 국 먹듯이 퍼먹는다. 달고 상큼하고 구수하다. 우리 언니는 어떻게
음식을 그렇게 먹느냐고 질색하지만, 나는 맛있다. 시각에 민감한 사람에게는 안 권한다.

몸에도 좋다. 토마토가 익을수록 의사 얼굴이 파랗게 질린다는 말이 있을 정도.
인기는 또 얼마나 많은지. 과일과 채소를 보라. 토마토가 서로 자기편이라고 주장하다가
미국에서는 법정까지 갔다. 법원은 채소 편에 손을 들어줬다고. 나도 아직 미국 법원은
못 가봤는데 역시, 슈퍼푸드(super food)는 다르다.

덤
면역력 강화, 풍부한 영양소, 저칼로리. 세 특징을 가진 식품을 아우르는 말이 슈퍼푸드.
2002년 미국 《타임》지에서 세계 10대 슈퍼푸드를 선정하면서 대중화했다.
토마토 외에도 블루베리, 귀리, 연어, 아몬드, 적포도주, 브로콜리 등이 있다.

사 굴
십
이.

껍질이 얇을수록 부드럽고
표면이 거칠수록 달다.

간식

귤을 먹었다.
오돌토돌한 표면, 속살에 착 달라붙은 얇은 껍질.
'이놈 참 맛있겠네.' 확신이 든다.

귤은 껍질이 얇을수록 부드럽고 표면이 거칠수록 달다.
꿀보다 더 달콤하고 꿀에는 없는 상큼함도 있다.
입에서 사르르 뭉개지는 식감도 귤이 가진 매력.

귤을 몇 개나 먹었을까. 손끝이 노랗다.
내 손엔 여전히 겨울이 물들어 있는데
바깥은 어느새 봄이다.
벌써, 봄이다.

사 한
십 라
삼. 봉

뚝뚝 떨어지면 맛없고
쭉쭉 찢기면 맛있다.

"뚝뚝 떨어지면 맛없고, 쭉쭉 찢기면 맛있다." 간단명료.
한라봉 잘 고르는 법을 묻자, 아빠는 단박에 답을 준다.
역시 전문가다.

한라봉은 청견(국내산 오렌지)과 귤이 만나 탄생한 과일이다. 껍질이 두껍다.
콕 튀어나온 꼭지가 한라산을 닮아서 한라봉이라 부른다. 껍질이 찢기느냐, 떨어지느냐로
당도를 예측할 수 있다. 이참에 다른 귤도 소개한다.

먼저 천혜향

오렌지와 귤을 교배했다. 크고 퍼진 귤 모양인데, 껍질은 오렌지다. 매끄럽다.
하늘에서 내려온 향기, 향기가 천 리를 간다는 뜻에서 이름이 '천혜향'.
한라봉 다음으로 인기가 많다. 그만큼 맛있다.

레드향도 보자.

껍질에 붉은빛이 돈다 하여 레드향이라 부른다. 한라봉과 귤이 만나 탄생했다.
단맛은 있으나 새콤한 맛이 적다. 이름이 '붉은향'이었다면 더 예뻤을 텐데, 유감이다.

그리고 황금향

한라봉과 천혜향을 붙여 만들었다.
어설픈 한라봉 모양이다. 특징 없다는 점이 특징이다.

서당 개도 3년이면 풍월을 읊는 법. 10년 동안 명절마다 아빠 가게에 나갔다. 소매부터
도매까지, 내가 맡았다. 알아야 많이 판다. 팔려고 먹었다. 먹다 보니 알겠더라. 현장에서
보고 배우고 익힌 지식이다. 믿고 읽어도 된다.

덤

우리 아빠는 대구에서 과일 도매업을 하신다. 올해로 27년째다. 대한민국 농산물 문화를
선진화하는 데 큰 공을 세워, 대통령 초청으로 청와대도 두 번이나 다녀왔다.
국가가 인정한 자타공인 과일 전문가다. (아빠가 좋아하겠다.)

자
사 몽
십
사.

시고 쓰고 떫었다.

간식

중학교 2학년 때다. 덴마크 다이어트가 유행했다. 삶은 달걀, 식빵, 자몽만 먹으면 살이 몰라보게 빠진다는 소문이 흥했다. 할 만한데? 호기롭게 시작했다. 식빵까지만 좋았다. 자몽부터 막혔다. 시고 쓰고 떫었다. 계속 시고, 계속 쓰고, 계속 떫었다.

결과? 당연히 실패. 2주 동안 먹는 건데 이틀도 못 먹었다. 이딴 걸 먹고 빼느니 차라리 안 빼겠다. 성질만 났다. 그때부터 자몽을 기억에서 지웠다. 첫 인사가 끝이었다.

10년 뒤, 그를 다시 만났다. 우리 언니 카페에서다(지금은 안 한다). 메뉴 중 '자몽자몽'이 있었다. 인기가 꽤 많았다. 손이 많이 가는 음료라 나도 가끔 거들었다. 껍질을 까고 살과 막을 분리한 뒤, 믹서에 자몽 속을 넣어 갈면 완성. 꿀, 안 넣는다. 자몽만 넣는다.

맛있을까. 인기를 의심했다. 한 번 먹어나 봤다. 맙소사. 맛있다. 새콤하고 상큼하고 달콤하다. 과육이 씹히는 짜릿함도 있다. 시고 쓰고 떫은 기억만 남긴 자몽이, 완벽한 주스가 되어 나타났다. 혼란스러웠다. 다시 먹어봤다. 또 맛있다. 그렇게 연거푸 석 잔을 마셨다.

만남은 세 번부터 진짜다. 음식도 세 번은 먹어봐야 안다. 인생은 삼세판이다.

MAGNESIUM

OMEGA-3

VITAMIN A, D

NONI BALL

NATTO BALL

NUTS

HONEY GARLIC

PROBIOTICS

PROPOLIS

APPLE BEET
JUICE

OAT MILK

ULTRA PLAZMA
ACTIVATED WATER

아빠손

우리 아빠는 단순하다. 일화가 있다.

아빠는 아이스크림을 좋아한다. 매일 먹는다. 선호하는 맛은 없다. 그냥 차고 달며 녹으면 된다. 맛있는데 살이 안 쪄서 좋단다. 입에 넣으면 녹아서 사라지는데 어떻게 살이 찔 수 있느냐. 우리 아빠 논리다. 희한하게 설득된다. 그런데도 몸무게가 느는 건 설명하지 못한다. 살찌는 원인이 아이스크림인 줄 아빠는 정말 모르는 걸까. 모르고 싶은 걸까.

아빠는 병원도 좋아한다. 살짝만 아파도 병원에 간다. 두통이 오면 타이레놀 먹고 기다려 볼 법도 한데, 안 된단다. 무조건 병원행이다. 몸이 좀 피곤하다 싶으면 병원 가서 링거 먼저 꽂는다. 이빨이 좀 시리다 싶으면 일단 치과 가서 눕고 본다. 오죽하면 치과에서 연말마다 브이아이피(VIP) 감사장을 보낼 정도다. 말이 좋아 브이아이피지, 돈 많이 써 줘서 고맙다는 뜻 아니겠는가. 그런데도 아빠는 감사장 하나에 뿌듯해한다.

마그네슘, 오메가3, 비타민A, 비타민D, 유산균, 견과류, 낫토환, 노니가루, 꿀마늘, 프로폴리스, 사과비트주스, 귀리우유, 울트라플라즈마활성수.

뭐냐고? 우리 아빠 아침 식사다. 한 끼에 이걸 다 드신다. 몸에 좋다는 식품은 다 먹다 보니 이만큼 많아졌다. 귀가 얼마나 얇은지, 아무개 씨가 이거 먹고 건강해졌더라. 소문만 들리면 어떻게든 구한다. 반드시 먹는다. 최근에 또 하나 늘었다. 그게 울트라플라즈마 활성수다. 하도 어이가 없어서, 이름도 못 잊겠다. 허준이 썼던 벼락 맞은 우물물이란다. 이 물만 마시면 모든 바이러스를 물리치고 감기도 안 걸리며 한평생 건강은 보장받는다나 뭐라나. 기가 막히고 코가 막힌다. 어떻게 저런 말을 믿을까. 아빠 눈엔 1% 의심도 없어 보인다.

우리 아빠, 어디까지 단순한 걸까.

세 번 째

음 료.

쑥
차

사
십
오.

구수한 물 같다.

난 수족냉증이 있다. 손발이 차다. 많이 차다. 여름에는 괜찮은데 겨울에는 죽겠다. 녹지 않는 얼음이 손끝에 달린 기분이다. 자다가도 내 손이 몸에 닿으면 화들짝 깰 정도다.

원인은 몰라도 해결책은 안다. 몸을 따뜻하게 유지하면 된다. 몸에 열 내는 음식을 먹고 열나도록 운동하는 일. 체온 상승에 좋다는 운동을 꾸준히 한다. 물만큼 쑥차를 마신다. 친한 이모가 "직접 뜯고 매매 씻어 정종에 살짝 볶은 뒤 건조기로 말려서" 매년 챙겨 주신다. 3년 정도 됐다. 덕분에 좀 낫다. 손에 달린 얼음이 조금씩 녹고 있다.

쑥은 생강처럼 맵지 않고 계피처럼 향이 세지 않아 마시기 좋다. 구수한 물 같다. 쑥이 체온을 올린다 정도만 알고 있었다. 해독작용에, 면역력 성장에, 성인병 예방에, 위장·신장·간장까지 튼튼하게 하는 줄은 몰랐다. 이 정도면 만병통치약이다.

마늘과 쑥을 100일 동안 먹고 사람이 되었다던 곰이 생각난다. 괜히 쑥이 아니었다.

바나나우유

사십육.

빙그레,
입꼬리가 올라간다.

음료

바나나맛우유가 아니다. 바나나와 우유를 넣은 진짜 바나나우유다.

아침에 쌀 넘기기 싫을 때, 저녁을 가볍게 차리고 싶을 때 먹는다.
식사 후엔 간식으로 먹고, 먹기 전엔 식전 음료로 마신다.
그냥 맛있어서 먹는다. 먹을 구실은 만들면 된다.

오늘은 아몬드와 검은깨도 넣었다. 아몬드가 알알이 씹히고 검은깨는 구수함을 더한다.
한 잔만 마셔도 배가 든든하다. 한 끼 식사로도 충분하다. 빙그레, 입꼬리가 올라간다.

참, 바나나는 검은 반점이 올라올 때 당도가 제일 높다.
단, 식감은 검은 반점이 생기기 전 가장 좋다.

맥
주

사
십
칠.

맥주 한 잔
비어(beer)야겠다.

음료

'맥주' 떠올려보라. 상상만 해도 미소가 그려지는가.
그렇다면 당신은 맥주와 제법 가까운 사이다.
"맥주" 발음해보라. 읽기만 해도 목구멍이 흥분하는가.
그렇다면 당신은 맥주와 꽤 깊은 관계다.

나? 맥주랑 안 친하다.
포만감에 주춤하고 열량 탓에 주저하다 보니, 본능을 삭힐 때가 더러 있다.
살찔까 봐 못 먹겠다, 이 말이다.

·Bier
독일어로 맥주
·Bierbauch
독일어로 맥주배
맥주로 찌운 살이라는 뜻인데, 우리식으로는 술살·술배쯤 된다.
그러고 보면 말과 맛은 달라도 술과 살 관계는 여기나 거기나 크게 다르지 않은가보다.

맥주는 좀 억울하겠다 싶다. 누구는 같은 술인데도 프렌치 패러독스(French Paradox)
라며 하루 한 잔씩 꼭 불리는 처지인데, 맥주는 살찌는 원인으로 지목이나 당하니 말이다.

안 되겠다. 오늘 밤은 맥주를 위로해줘야겠다.
맥주 한 잔 비어(beer)야겠다.

와
인

사
십
팔.

가벼운 시큰함이 혀끝을 맴돈다.

음료

셜록을 보며 와인을 꺼냈다.

술과 친하지 않은 내가 그나마 찾는 음료가 와인이기에 냉장고에는 늘 와인이 있다. 안주 없이 술을 마셔보기는 처음이었다. 안주 없이 술을 마셔보고 싶은 것도 처음이었다.

포도와 알코올의 조화라…….

묘하다. 잔을 타고 포도 향이 올라온다. 포도가 주는 묵직한 단맛이 알코올을 감싼다. 한 모금 넘긴다. 가벼운 시큰함이 혀끝을 맴돈다. 기분이, 좋다.

한 모금, 두 모금, 그리고…… 한 잔 더!

아, 술병은 이렇게 비워가는 거구나.

새벽 한 시가 넘었다.

셜록은 그만의 추리로 사건을 풀어가고, 나는 나만의 속도로 술잔을 비워갔다.

셜록 매력은 역시, 랩처럼 읊어내는 완벽한 추리와 저 섹시한 입술이다.

커
피

사
십
구.

매일 마시는 커피이지만
오늘은 유난히 더 향기롭다.

음료

6세기 에티오피아 어느 지역에 '칼디'라는 목동이 있었다.
어느 날, 그는 붉은 열매를 먹은 염소들이 술 취한 듯 흥분해 춤을 추는
모습을 보고 그 열매를 따서 물에 끓여 마셔보았다. 특이한 향기를 맡고
정신이 맑아지는 효과를 느낀 칼디는 그 사실을 인근 수도사에게 알린다.
그때부터 커피를 마시게 되었다.
<칼디, 커피의 전설> 중

공교롭게도 커피 한 잔을 마시며 읽은 사설이다.
매일 마시는 커피이지만, 오늘은 유난히 더 향기롭다.
칼디, 고마워요!

오십. 비엔나커피

그런 사람이
비엔나커피와 잘 어울린다.

음료

비엔나커피와 잘 어울리는 사람을 묘사해보라.

예시)

키는 158cm. 작고 아담한 여자. 머리는 어깨선을 넘지 않는 긴, 단발. 굵은 웨이브가 잘 어울리는 얼굴형을 가졌다. 이목구비가 뚜렷하고 눈썹이 짙다. 목소리는 나지막한 중저음. 바지보다는 긴 치마가 어울린다. 화려한 무늬에 밝은색 치마. 셔츠보다는 블라우스를 즐겨 입고 5센티를 넘지 않는 미들 힐(middle heel)을 주로 신는다. '폰'보다 '책'과 친하다. 재즈와 국악을 좋아한다. 재즈는 빌 에반스(Bill Evans) 앨범을 즐겨 듣고, 국악은 광개토 사물놀이와 나릿밴드를 좋아한다. 영어와 독일어가 유창하다. 글 쓰는 일을 한다. 동물에 대해서, 자연에 대해서, 여행에 대해서 쓰고 읽는다. 둘보다는 혼자일 때 더 자유롭다. 여행을 좋아해 혼자서도 훌쩍 떠나곤 한다. 사랑을 하고 싶지만 인연을 찾는 중이며, 인연을 기다리며 지금을 즐기고 있다. 바쁜 중에도 책을 펼치는 여유를 챙기며 셜록을 보며 와인 마시는 시간을 사랑하는 사람이다.

그런 사람이, 비엔나커피와 잘 어울린다.

언니손

다이어트하고 싶은 사람, 모두 주목!

자신 있게 말한다. 당신도 7kg 뺄 수 있다. 4주면 된다. 요요현상 없다. 부작용도 없다.

단, 이런 사람에게만 권한다.

① 식생활 안 좋은 사람 (탄산음료, 과자 등을 즐겨 먹는 사람) ② 큰 수술 앞두고 체중을 줄여야 하는 사람 ③ 콜레스테롤 수치 높은 사람 ④ 과체중(비만)으로 건강 적신호가 켜진 사람

우리 언니가 그런 사람이었다. 몸이 안 좋아 병원에 갔더니, 의사가 다이어트를 강권했다. 그래서 시작했다. 미용이 아니다. 건강 목적이다.

1주차 **현실 받아들이는 시기**

아침 : 당근 가늘게 두 조각, 사과 1/4 조각.

점심 : 기름기 없는 식사 위주로. 양은 1/2

저녁 : 오이 두 조각과 토마토 한 알

2주차 **위가 줄어드는 시기**

아침 : 당근 세 조각, 오이 두 조각, 두부 조금.

점심 : 기름기 없는 식사 위주로. 양은 1/2.

저녁 : 고구마 1개 혹은 자몽주스

3주차 **식습관이 익숙해지는 시기**

아침 : 고구마 1개, 오이 두 조각, 블랙커피 한 잔.

점심 : 자유 식사, 외식도 가능. 양은 2/3

저녁 : 고구마 1개 혹은 토마토 주스

4주차 **몸과 식생활이 균형 맞추는 시기**

아침 : 귀리우유 (우유+귀리+꿀)

점심 : 자유 식사. 양은 2/3 유지

저녁 : 고구마와 토마토

6시 이후 금식. 간식 금지. 점심은 먹고 싶은 음식으로, 종류 제한 없이. 운동은 가벼운 산책 한 시간 정도. 난이도는 개인 체력에 맞춰서. 4주 차부터는 절제 가능한 선에서 간식도 괜찮다. 커피 한 잔에 쿠키 두 개 정도.

몸과 마음을 다해 실천한 식단이다. 사실에 근거했다. 우리 언니가 산 증인이다.

도움이 된다면 좋겠다.

식
후

글

옷깃만 스쳐도 인연이다. 하물며 우리는 '작가와 독자'로 만났다. 당신이 『식후감상문』
을 선택했을 수도 있고, 이 책이 당신을 찾아갔을 수도 있다. 그러니 인연이다. 나는 이
책에서 엄마에게도 밝히지 않은 비밀을 털어놓았고(탕수육), 잃어버린 10년 동안 얼마
나 힘들었는지를 고백했으며(식전 글), 범사에 감사할 수 있는 비결도(초콜릿) 공개했다.
30년을 살며 겪은, 크고 굵직한 사연과 경험을 한 권에 담으려고 애썼다. 먼저는 나를 위
해 썼고, 다음은 독자를 위해서 썼다. 함께 행복하기를 원하는 내 진심이 글을 통해 가닿
았기를 간절히 소망한다.

끝으로, 네 분께 감사를 전한다.

작가로서 길을 열어준 강제능 에디터님께 먼저 감사하다. 2020년 최고 선물은 책 『식후
감상문』과 출간 승낙 메일이다. 부족한 실력을 알아봐 준 은혜, 오래도록 갚고 싶다.

다음, 나는 알지만 나를 모르실 강원국 선생님께도 감사를 전한다. 우리도 작가와 독자로
만났다. 내 글의 8할은 강 선생님에게서 왔다. 선생님을 닮고 싶었다. 하라는 대로 했다.

그분 문체를 베꼈다. 따라 했다. 나도, 모방의 힘을 믿는다. 선생님 글을 만난 건 내게 큰 축복이다.

그리고 멋진 그림으로 책에 맛을 더해준 우리 언니, 이미란에게는 감사보다 사랑을 전한다. 나보다 나를 더 사랑해주어서 고맙다. 그댄 내게 행복만 주는 사람이다. 앞으로도 잘 지내자.

마지막, 이 말을 제일 하고 싶었다. "하나님, 감사합니다."

2020년 3월 끝날, 동명 서재에서.

Writer
이미나

Illustrator
이미란

Publisher
송민지

Managing Director
한창수

Editor
황정윤

Designer
나윤정

Publishing
피그마리온

Brand
이지앤북스
easy&books는 도서출판 피그마리온의
여행 출판 브랜드입니다.

ISBN 979-11-85831-96-1 (03810)

등록번호 제313-2011-71호 등록일자 2009년 1월 9일
초판 2쇄 발행일 2023년 11월 9일

서울시 영등포구 선유로 55길 11, 6층 TEL 02-516-3923
www.easyand.co.kr

EASY & BOOKS